AF303791

Widmung

*Dieses Buch widme ich unserer Autorenfreundin
(anhängend: Autorin Karoline Toso)*

Marianne Wulff *(1945 – 2018)*

Autorin des Buches: Eine Biographie

Marianne liebte das Leben, trotz ihres
schwierigen Lebensverlaufes.

Kiki Alm

Snuffis Odyssee

(nach einer wahren Begebenheit)

Belletristik

Ich, Karoline Toso, geb. 23.04.1960,
erlaube der Autorin Kiki Alm (Pseudonym)
die Verwendung meines Namens
in Ihrem Werk „Snuffi".

Es freut mich, darin Erwähnung zu finden.

Wien im April 2018

Wie kommt ein Stoffhund in den Haushalt von mir, einer älteren Dame, die mit einem Jack Russell Terrier namens „Snoopy" zusammenlebt?

Ich ging vor einigen Monaten durch *Marktkauf* und sah einen supersüßen Stoffhund in der Auslage. Dieser hatte genau dieselben Farben wie mein Hund Snoopy. Kurz entschlossen schnappte ich mir den Hund als meine Beute und zog mit ihm davon. Es ging sofort in Richtung Kasse, um ihn zu bezahlen. Danach war ich die Eigentümerin eines Stoffhundes, der den Namen „Snuffi" erhielt.

Snuffi zog bei uns ein. Sogleich wurde er einer Taufe unterzogen. Ich wusch ihn mit der Hand im Waschbecken aus und hängte ihn zum Trocknen auf den Balkon. Dies bemerkte mein Snoopy sofort, und er machte Männchen, um an das Objekt, das ihn interessierte, besser heranzukommen. Er schnüffelte an ihm. Auch versuchte er zart mit seinen Zähnen an dem Bein vom nassen Snuffi zu testen, ob er Quieklaute von sich gab wie seine Spielzeuge. Da kein Quieken zu vernehmen war, dachte er wohl bei sich: *Dann teste ich weiter am nächsten Bein und danach noch an den zwei Armen und den Ohren.* Alles testete er durch. Kein Laut war zu hören. Das irritierte ihn ein wenig. Nur das Wasser, mit dem Snuffi vollgesogen war, trat aus und tropfte auf Snoopy runter. Sonst geschah nichts.

Das Wasser tropfte ihm in auf den Kopf, und das mag er nicht. Wenn es regnet beim Spazieren, schüttelt er sich oft, um seinen Kopf vom unangenehmen Nass zu befreien. Aber Wasser in Form eines Sees oder Flusses, das ist beglückend für ihn. Ansonsten versteht er bei Wasser keinen Spaß. Darum zog es ihn nur einmal neugierig zu dem hängenden Snuffi hin. Danach liebäugelte er von Weitem mit dem neuen Etwas. Wie beharrlich Snoopy vor dem Neunankömmling hockte und zu ihm rübersah, ließ mich denken: *Ich passe auf! Nur dass mir keiner den Neuen wegschnappt.*

Snuffi war endlich trocken. Sobald ich ihn auf dem Bett ablegte, hopste Snoopy, der ihn eh nicht aus den Augen ließ, sofort dazu. Ganz sachte knabberte er erneut an den Beinen und den Ohren. Kein Quieklaut war zu vernehmen. Er dachte gewiss: *Keine Beute. Nichts für mich zum Zerkauen.* Er schnupperte weiter den Neuen vollends ab. Bis er feststellte, es quiekte nicht. Es bewegte sich nicht. Doch hoppla, jetzt rutschte das linke Bein weg und Snoopy hopste erschreckt, runter vom Bett. Weit weg lief er nicht.

Das „Neue" war zu interessant für ihn. Snoopy machte Männchen und sah auf das Bett. Es bewegte sich nicht mehr. Also hopste er wieder hoch auf das Bett. Er schnupperte an ihm, und dann legte er sich bequem unter ihn. Somit hatte Snoopy den Snuffi als sein Kissen adoptiert. Ein wenig war ich schon traurig.

Denn es war mein Snuffi. Dieser konnte sich gut an meinen Nacken anschmiegen. Am Abend, als es zur Bettruhe ging, eroberte ich meinen Snuffi von meinem Hund zurück. Die Fronten waren geklärt. Seither ist er am Tag das Kissen für Snoopy und in der Nacht mein Nackenkissen. Was auch Snoopy akzeptiert.

Snuffi erfüllt seinen Zweck hervorragend.

Wenn wir auf Reisen sind, habe ich ihn auch im Auto dabei und lege ihn in meinen Nacken als Stütze. Wenn ich mit ihm am Zielort ankommen, dann gilt wieder die Benutzerregel. Am Tag das liebste Kissen meines Hundes Snoopy und in der Nacht mein Nackenwärmer.

Im letzten Oktober wurde ich von einer Autorenfreundin, Karoline Toso, nach Wien eingeladen. Snuffi müffelte leicht. Einer erneuten Handwäsche wollte ich ihn vor der Reise nicht unterziehen. Das verschob ich lieber auf die Zeit, wenn ich wieder daheim war. Es mussten noch Kissen und Decken gewaschen werden. Diese steckte ich einfach in die Waschmaschine. Dazu sollte der Snuffi sich nach meiner Rückkehr gesellen. Wir, Snoopy und ich, fuhren mit meinem Fiat Panda nach Wien und übernachteten bei Karoline zu Hause. Es waren zwei wundervolle Tage. Sie entpuppte sich als vollendete Gastgeberin.

Ich ließ Snoopy für einige Stunden bei Karoline. Ihm war es recht, weil er ein Auge auf ihre Vögel geworfen hatte. Er saß unwahrscheinlich gerne vor dem großen Käfig und passte auf sie auf.

Wien ist eine herrliche und sehr geschichtsträchtige Stadt. Sie ist unvorstellbar groß.

Karoline und ich liefen unterdessen durch die Gassen von Wien und sahen uns unzählige Sehenswürdigkeiten an. Schön war, dass es kleine Einzäunungen in den Parks gibt, wo die Hunde frei herumlaufen können.
Ich sagte zu Karoline: „Sieht schon witzig aus. In Nürnberg sind in den Parks nur die Spielplätze eingezäunt." Wir lachten sehr. Natürlich ließ sie es sich nicht nehmen und lud mich zu einer Wiener Melange ein. Wir tranken den Kaffee in einem urigen Wiener Café in der Nähe des St. Michaelsplatz in der Innenstadt.

Völlig erschöpft schliefen wir die zweite Nacht ein.
Es kam, wie es kommen musste. Kurz vor der Rückfahrt kam Stress auf und Snuffi ging dabei unter. Ich hatte ihn bei Karoline vergessen. Das fiel mir erst kurz vor Linz auf, als ich ihn brauchte. Zum Umkehren war es bereits zu spät.

Daheim angekommen, nahm ich sofort Kontakt mit Karoline auf.
„Ja, den habe ich gesehen, als ich die Betten machte. Der arme Kleine lag so ganz alleine da und sah traurig aus. Wie konntest du nur?", sagte sie leicht vorwurfsvoll.

„Bitte sende ihn mir nach. Er gehört doch zur Familie!", antwortete ich.

Sie stellte etwas belustigt fest: „Klar! So gehst du mit deinen Familienangehörigen um.
Da will ich nicht dazugehören. Irgendwann lässt du mich auch bei anderen Leuten liegen."
Wir lachten und ich sagte: „Tja, Karoline, einen Vorteil hat es. Die füttern dich dann so lange durch, bis ich dich irgendwann wieder abhole ..."

Sie versprach, ihn mir so schnell wie möglich zuzusenden.

Am Donnerstag, drei Tage nach unserer Abreise, trug sie ihn zur Versandstation. Gut verschnürt und in einem engen Raum sollte er seine Abenteuerreise antreten. Leider gab sie das Paket nicht mit einer Sendungsverfolgung auf.
Ich dachte: *Was soll schon bei einer Strecke von ca. 500 km damit passieren?* Später stellte es sich als Nachteil heraus, dass das Paket nicht nachverfolgt werden konnte.

In der Zwischenzeit, als Snuffi gut verpackt nach Nürnberg unterwegs war, passierte Folgendes: Snoopy hopste und schnüffelte in der gesamten Wohnung umher, suchte sein Kissen. Er krabbelte unter die Decken und die anderen Kissen. *Er muss doch hier sein!*, schien er zu denken. *Ich rieche ihn doch. Wo bist du?*

Der Snuffi hatte fast überall seinen Geruch hinterlassen. Somit schnüffelte sich Snoopy durch die Wohnung und fand das begehrte Objekt nicht.

Als eine Woche später das Paket immer noch nicht eingetroffen war, unterhielt ich mich mit Karoline. Sie sagte zu mir: „Ich habe es wirklich abgesendet. Es ist unterwegs. Ich behalte doch deinen Snuffi nicht!"

„Das glaube ich dir. Aber ohne Sendungsverfolgung ist es schwierig nachzuverfolgen, wo es sich gerade befindet", antwortete ich ihr. „Nicht dass er in Belgien landet. Das ist mir einmal mit einem Paket für meine Freundin in Saerbeck passiert. Angeblich konnte der Zustelldienst die Postleitzahl nicht lesen. Wenn Deutschland beim Empfänger draufsteht, wie kommt es dann nach Belgien? Na ja, es kam dann doch an. Das wäre was, wenn das auch mit Snuffi passiert", erwiderte ich.
„Lach, dann wäre es eine Snuffi-Odyssee!", stellte sie belustigt fest.
„Hoffentlich nicht, seufz", antwortete ich theatralisch.

Das Warten auf Snuffi wurde fast unerträglich. Endlich! Eine Woche später klingelte es und auf der Treppe stand der Zustelldienst. Er kam nicht näher, weil er meinen Hund in der Tür neben mir stehen sah. Er sagte kurz und entschlossen: „Fang. Keine Unterschrift." Noch bevor ich Danke sagen konnte, war er sogleich die Treppe runtergelaufen. Ich fing das Paket auf und schloss die Tür.

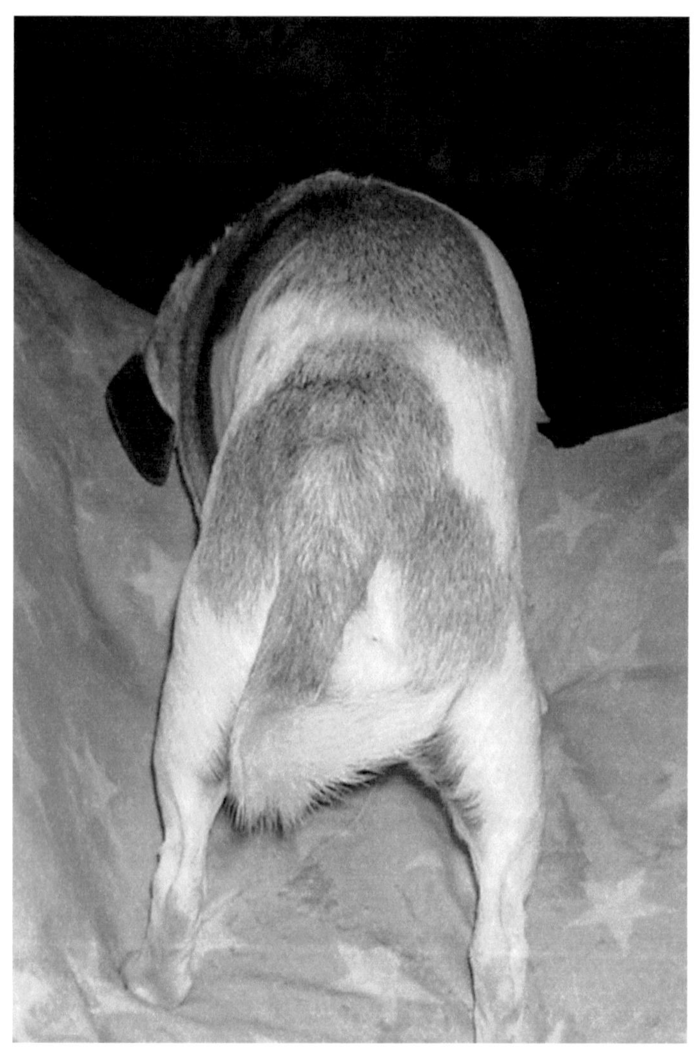

Snoopy hopste an mir hoch und wollte das Paket haben. *Es riecht so gut nach meinen Kissen. Gib es mir,* schien er zu denken.

Im Wohnzimmer angekommen, gab ich sofort Karoline Bescheid.

„Super, dass es endlich angekommen ist. Die Odyssee hat ein Ende gefunden", sagte sie.

Ich antwortete: „Schön. Ich freue mich sehr und Hundi auch. Jetzt muss sich Snuffi wieder einer Handwäsche unterziehen. Da die Decken schon gewaschen sind und ich nicht warten konnte."

Nachdem er getrocknet war, wurde er seiner alten Bestimmung zugeführt. Somit kehrte wieder etwas Ruhe bei uns zu Hause ein.

Ich bin 1968 in der Händelstadt Halle/Saale geboren. Seit 2008 lebe ich in meiner Wahlheimat Nürnberg. Mit 16 Jahren hatte ich meine erste Schreibphase. Dabei entstanden Gedichte, Oden und Kurzgeschichten. Eines davon ist die Kurzgeschichte „Ilse und Rolli". Diese erzählte ich oft Kindern und sie waren begeistert. 2016 entstand daraus Band 1 als E-Book „Rolli und seine Freunde".

„Rolli und seine Freunde" Es sind nette Geschichten aus dem Ozean und für jeden Abend zum vorlesen sehr gut geeignet. Mit vielen Informationen vom Leben im Ozean. Dazu wird erklärt, wie Umweltschädigungen das friedliche Leben beeinflussen.

Der Delfin Rolli verirrt sich und wird von der bösen Schildkröte Ilse gefangen genommen. Nachdem sie nicht mehr da ist, findet Rolli neue Freunde. Darunter auch seine Frau Manja, die ihm Nachwuchs schenkt. Dieser kleine Delfin heißt Rolli Junior, von allen nur „Junior" genannt, und geistert mit seinen Flausen im Kopf durch die letzten Teile von diesem ersten Band. Ein Spaß für Kinder und zum Vorlesen viel Vergnügen für die Eltern.

Freuen Sie sich auf den nächsten Band, worin die Abenteuer mit dem kleinen Delfin weitergehen. In diesem Buch sind alle Teile erstmals zusammen.
Titel: „Die Geschichten von Rolli und seinen Freunden" Erscheinung Mai 2021

„**Ente, Hund, Pferd**" - ein Buch zum ausmalen. Mit einem Extra Teil.

„Mama, ich will einen Hund!" - Es wird kindergerecht die Haltung eines Hundes erklärt.